FORMIGAS & SAMURAIS

Ana Porrúa

tradução **JOCA WOLFF**

formigas & samurais

mórula
EDITORIAL

Publicado originalmente na Argentina
pela Editorial Melusina em 2001

TÍTULO ORIGINAL
hormigas y samuráis

REVISÃO
Leonardo Cunha
Marina dos Santos Ferreira

PROJETO GRÁFICO
Patrícia Oliveira

CIP-BRASIL. CATALOGAÇÃO NA PUBLICAÇÃO
SINDICATO NACIONAL DOS EDITORES DE LIVROS, RJ
Elaborado por Camila Donis Hartmann — CRB 7/6472

P874f Porrúa, Ana
Formigas & samurais / Ana Porrúa; tradução Joca Wolff. – 1. ed. – Rio de Janeiro: Mórula, 2021.
68p. : il. ; 19 cm.

Tradução de: Hormigas y samuráis
ISBN 978-65-86464-42-9

1. Poesia argentina. I. Wolff, Joca. II. Título.

21-71060 CDD: 868.99321
CDU: 82-1(82)

Rua Teotônio Regadas 26 sala 904
20021_360 _ Lapa _ Rio de Janeiro _ RJ
www.morula.com.br _ contato@morula.com.br
/morulaeditorial /morula_editorial

ÍNDICE

Cada vez más lejos de nosotros

MANOEL RICARDO DE LIMA

No prefácio para a edição argentina deste **formigas e samurais** [2001], de Ana Porrúa — *Instruções para ler este livro* [reproduzido a seguir] — Jorge Monteleone arma cinco possibilidades para desmontar toda ideia de instrução e de manual. Duas delas chamam muito atenção: ao perceber-se que se está diante do corpo vivo e oriental de um samurai negro, do Bronx, diz que entre os exercícios de conhecer e de tornar abstrato um objeto, o que se tem nos poemas de Ana é uma dinâmica de existir contra a materialidade do mundo. E que é por isso que não se repara a espada do samurai, mas a beleza do equilíbrio, o sentido do peso, o movimento. A questão, por fim, oscila entre "o momento em que o samurai pensa que é uma formiga guerreira ou o momento em que a formiga avança sobre um campo de batalha".

Bastaria isso que aponta e desenha, vagarosamente, Jorge Monteleone, para nos fazer perceber o quanto e como a poesia de Ana Porrúa se descola da fímbria do real, esta falência, e reinventa um mundo impossível a cada linha, traço ou um pequeno ideograma de sentidos expandidos na montagem de cada uma das partes desse livro: a primeira, *formigas*; e a segunda, *samurais*, dividida em 'samurai clássico', 'o caminho do samurai (cachorro fantasma)', 'pedagogia do samurai', 'samurai borgeano', 'samurai pop' e 'samurai fim de século'. E todo o percurso do livro infere uma circunstância diferida, e o que se projeta é, de fato, um campo de batalha, uma guerra insuspeita; quando toda a vida se engendra, se é que ainda se engendra, ao redor do alimento. Ao mesmo tempo, tem-se uma composição singular desse amálgama entre as formigas e os samurais, quando a imaginação refaz o gesto e indica que é

> a leveza que
> compromete
> todo um corpo.

ou

> 'não há espada que fira
> este dragão d'água'.

É muito importante recuperar esse gesto político com a imaginação que Ana Porrúa procura fazer em seus trabalhos. Ela que é também professora na Universidad Nacional de Mar del Plata e publicou, entre outros livros, os poemas reunidos em *con trapos en la boca* (1992) e *el chenque* (2005), além do encantado livro

Caligrafía tonal — ensayos sobre poesía (2011). É neste, por exemplo, que se pode ler, logo no início, a partir da novela de José Asunción Silva, *De sobremesa*, escrita entre 1895 e 1897, a ideia de uma "desordem emocional" que se percebe na composição de um gabinete de estudo, de uma mesa de trabalho. E aí, no caso, uma mesa díspar, como é a do artista moderno, que persegue a afronta de uma operação *antinarrativa*: fazer dos pequenos objetos imensos monstros de arte. O exemplo de José Asunción, para se tocar a poesia de Ana Porrúa, é seminal. Ela indica o quanto a mesa do escritor colombiano é também uma sinédoque, uma convivência ultrajada entre "o ocidental, o clássico e o americano". Em dois pequenos fragmentos, lemos [e disponho na letra de Ana e na tradução de Joca para que se possa, rapidamente, apreender também os tons de acesso e modulação das línguas tão aparentemente próximas e distantes]:

5.
se enseña
la forma del ideograma
y sus sentidos.
nunca
el trazo.

6.
el conocimiento
como sucesión de pequeños actos
pero también
como caída en el abismo.

5.
se ensina
a forma do ideograma
e seus sentidos.
nunca
o traço.

6.
o conhecimento
como sucessão de pequenos atos
mas também
como queda no abismo.

É nisso que também se pode ler a importância desse livro de poemas de Ana Porrúa, que ora se publica com tradução e empenho de Joca Wolff, pela Mórula Editorial, no Brasil. Lançar tão pequena gota de tempo e gesto num oceano de miséria, o mundo e o país onde vivemos, quiçá ainda moramos, mas sem esperança alguma, é também raspar, numa rememoração, o que Paulo Leminski [que também era um samurai moderno, filho de polaco com negra] já apontara, tantas vezes, nos anos 1980, ao comparar o que se produzia aqui e no resto da América, a Latina, em literatura: aqui, entre nós, textos insossos colados à máquina de filmar do real sem nenhuma reinvenção, apenas o possível; na outra ponta, na língua de Borges, sem cessar, *cada vez más lejos de nosotros*, textos prenhes de alucinações deliberadas para uma política com o impossível: *fazer o impossível*, porque fazer o possível ou nada dá no mesmo. E aqui ou acolá, de um jeito ou de outro, quase sem saber, esta ínfima tarefa política do poema é uma ferida que se abre e se lacera numa ética insensata para a anulação de todo EU — ególatra, ensimesmado e atoleimado, dando giros fixos até a glória de seu próprio sufoco –, e quando o outro fica sempre para uma próxima vez que nunca vem. A poesia de Ana Porrúa neste **formigas e samurais** é, assim, uma pequena lição, uma aprendizagem, uma "torção do corpo": contra a uniformidade de todo desenho resta a força de um *seppuku*, até porque "el camino del samuray es la muerte".

Instruções para ler este livro

JORGE MONTELEONE

a. Um modo de ler este livro consiste em escolher literalmente seu objeto como exercício do conhecer. Esse leitor verá a trajetória das formigas numa ampla superfície, a asa quebrada de uma borboleta no inseto, seu afinco e sua necessidade. Ou então verá o corpo do samurai — o oriental ou o daquele negro do Bronx de lábios irreais do filme de Jarmusch, dá no mesmo –, o samurai exercendo sua torção, as flores e lótus ensanguentados do quimono, o brilho fugaz da espada. Esse leitor preferirá acreditar nas imagens e de algum modo no mundo, que retorna, sob a forma de uma formiga ou de um samurai.

b. Outro modo de ler este livro é obliterando deliberadamente seu objeto para transformá-lo num exercício abstrato. Esse leitor não verá formigas, mas evocará em troca a leveza, a perseverança, a quietude. Não verá samurais: meditará no sentido do peso, no movimento. Não verá a espada então e sim a beleza do equilíbrio. Esse leitor admitirá que a materialidade do mundo ceda seu lugar ao simples dinamismo do existir, aos ecos de sua vibração, às fases de suas mutações.

c. Outro modo de ler este livro é unindo formigas a samurais, como uma operação mágica e analógica que o real torna impossível. Esse leitor detectará o momento em que ambos se vestem de púrpura, o momento no qual o samurai pensa que é uma formiga guerreira, ou o momento no qual a formiga avança num campo de batalha. Acreditará que a perseverança do trajeto de uma vale para o outro, assim como a solidão do samurai no jardim será subitamente a da formiga. Esse leitor aceitará que o mundo é duplo e que, como dizia o filósofo, a uma função do real corresponde sempre uma função do irreal.

d. Outro modo de ler este livro é substituindo o vocábulo “formiga” ou “samurai” pelo vocábulo “poema”. Esse leitor indagará uma arte poética que, por exemplo, não acredita que a policromia seja um reflexo do real, mas uma reserva de sentido. Ou que talvez sua manifestação seja o puro exercício de uma estética. O poema que conhece seu próprio brilho, mas o oculta, o poema que a memória guarda. Esse leitor solicitará que todo texto seja uma alegoria e, no fundo, manifeste o testemunho de certa verdade.

e. Existe outro modo de ler este livro, ainda que arriscado: suspender o sentido em favor de uma total figuração, mas onde, como no ideograma, não fique indício dos traços. Nem o traço do mundo, nem o traço da consciência. Apenas *formigas e samurais* no momento vermelho em que autora e leitores desaparecem com o fio do poema afundando na seda furta-cor da linguagem.

formigas

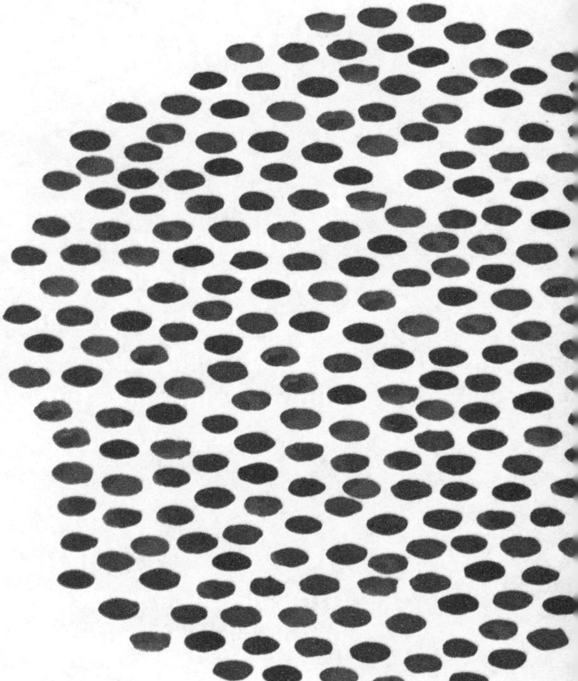

1.

I.
uma vida ao redor
do alimento.

II.
escolhem os mortos
num campo de batalha alheio.
a carapaça dura e brilhante
do inseto medieval:
diminutos mosaicos lutuosos
sob a pressão das suas garras.

III.
o fragmento da asa de uma libélula:
impossível penteado de noiva
(tule imaginário)
sobre a cabeça
da operária.

1.

I.

una vida alrededor
del alimento.

II.

eligen los muertos
en un campo de batalla ajeno.
la caparazón dura y brillante
del insecto medieval:
diminutos mosaicos luctuosos
bajo la presión de sus pinzas.

III.

el fragmento del ala de una libélula:
imposible tocado de novia
(tul imaginario)
sobre la cabeza
de la obrera.

IV.

uma vida ao redor
dos ovos que a rainha
deposita em terra.

V.

as brancas pastilhas
logo brancas larvas
que elas lambem e cuidam:
o presente
como farpa do futuro.

VI.

> "Num formigueiro ninguém se
> preocupa com as águias"
> HENRI MICHAUX

há universos que nunca se juntam
as formigas são cegas à altura:
sua única mística é a do trabalho.

IV.

una vida alrededor
de los huevos que la reina
deposita en tierra.

V.

las blancas pastillas
luego blancas larvas
que ellas lamen y cuidan:
el presente
como esquirla del futuro.

VI.

> "En un hormiguero nadie se
> preocupa por las águilas"
> **HENRI MICHAUX**

hay universos que nunca se juntan
las hormigas son ciegas a la altura:
su única mística es la del trabajo.

VII.
o diminuto
não vê a forma
do que captura.

VIII.
a formiga-rainha não vê além
do seu enorme ventre e suas belas asas:
princípio e fim do universo.

VII.
lo diminuto
no ve la forma
del que captura.

VIII.
la hormiga reina no ve más allá
de su enorme vientre y sus bellas alas:
principio y fin del universo.

2.

I.

a formiga sobre a guarda de papel
não vê o desenho art nouveau das folhas
(amarelo contra fundo ocre)
mas uma vasta superfície lisa
e monocromática.

II.

a policromia
está só no seu formigueiro
onde se empilha infinidade
de fragmentos
lascas de um universo
que não compreende.

III.

onde guardam
a memória
as formigas?

2.

I.

la hormiga sobre la guarda de papel
no ve el diseño art nouveau de las hojas
(amarillo contra fondo ocre)
sino una vasta superficie lisa
y monocromática.

II.

la policromía
está sólo en su hormiguero
donde se apila infinidad
de fragmentos
astillas de un universo
que no comprende.

III.

¿dónde guardan
la memoria
las hormigas?

IV.

nessa milimétrica
porção de cereal
nesse cristal açucarado
— ou talvez na forma de enganchá-lo
e virar pra cima —
está toda a história
da sua espécie.

V.

a leveza
que compromete
todo um corpo.

VI.

correto: mas se não me vê
por que se imobiliza.

IV.

en esa milimétrica
porción de cereal
en ese cristal azucarado
— o quizás en la forma de engancharlo
y tirar hacia arriba —
está toda la historia
de su especie.

V.

la levedad
que compromete
todo un cuerpo.

VI.

correcto: pero si no me ve
por qué se inmoviliza.

VII.

talvez sua estratégia
                    seja
a quietude.

VIII.

a pressão do meu olhar
sobre o diminuto lombo
como matéria úmida
que não se dissolve.

IX.

sua quietude
                    diz
'nunca poderás entender
a perseverança de um trajeto'.

VII.

quizás su estrategia
sea
la quietud.

VIII.

la presión de mi mirada
sobre el diminuto lomo
como materia húmeda
que no se disuelve.

IX.

su quietud
dice
'nunca podrás entender
la perseverancia de un trayecto'.

samurais

para **B. S.**

samurai clássico

I.

sou uma formiga guerreira
pensou o samurai
na primeira vez que sua mãe
cobriu seus ombros
com roupa de seda.

II.

como elas
conheceu
o sentido
do peso e do equilíbrio.

III.

o samurai
se sonhou sem sua espada:
um animal
pequeno
que não conhece
as pausas
internas
do horror.

samuray clásico

I.

soy una hormiga guerrera
pensó el samuray
la primera vez que su madre
cubrió sus hombros
con prenda de seda.

II.

como ellas
conoció
el sentido
del peso y el equilibrio.

III.

el samuray
se soñó sin su espada:
un animal
pequeño
que no sabe
las pausas
internas
del horror.

IV.

viu o mar pela primeira vez
lembrou contos da infância
(uma voz baixa no seu ouvido):
'não há espada que fira
este dragão d'água'.

V.

o arco tenso
ensina a ver
o mínimo
num círculo.

VI.

sobre a esteira
sentado
contempla a lua.
conhece
como ela
seu próprio brilho,
mas sabe
escondê-lo atrás das nuvens.

IV.

vio el mar por vez primera
recordó cuentos de infancia
(una voz baja contra su oído):
‘no hay espada que hiera
a este dragón de agua’.

V.

el arco tenso
enseña a ver
lo mínimo
en un círculo.

VI.

sobre la estera
sentado
contempla la luna.
conoce
como ella
su propio brillo,
pero sabe
esconderlo tras las nubes.

VII.

escuta os bem pequenos:
um som doce
de pauzinhos na tigela/
feito grilos sagrados.

VIII.

a espada sempre
o acompanha:
mas
não termina ali seu caminho.
um dia
a túnica cairá
e haverá de se vestir
com metais.

IX.

a seda do quimono
é o junco
que recobre
um corpo mais duro.

VII.
escucha a los más pequeños:
un dulce sonido
de palillos en el cuenco/
como grillos sagrados.

VIII.
la espada siempre
lo acompaña:
pero
allí no termina su camino.
un día
la túnica caerá
y habrá de vestirse
con metales.

IX.
la seda del kimono
es el junco
que recubre
un cuerpo más duro.

X.

o desejo
de poder se quebrar
como uma vara
longe do rio.

XI.

as formigas
pretas
carregam pequenos fragmentos
do jasmim amarelo.
o samurai
de preto
leva um cofre cobreado
para o jardim
cuja espessura
é a das imensas varas
verdes.

XII.

o samurai e a formiga
frente a frente
(só o ar denso os separa)
quietos:
ambos vestidos de púrpura.

X.
el deseo
de poder quebrarse
como una caña
alejada del río.

XI.
las hormigas
negras
cargan pequeños fragmentos
del jazmín amarillo.
el samuray
de negro
lleva un cofre cobrizo
hacia el jardín
cuyo espesor
es el de las inmensas cañas
verdes.

XII.
el samuray y la hormiga
frente a frente
(sólo el aire denso los separa)
quietos:
ambos vestidos de púrpura.

o caminho do samurai (ghost dog)

I (TERRAÇOS)

1.
o desafio da física:
o contínuo espacial
do olhar aéreo
admite um tempo
que não o reconhece.

2.
na precariedade:
os livros e as armas.

3.
um altar
feito com caixas
uma lata e algumas laranjas:
o lugar da reza.

el camino del samuray (ghost dog)

I (TERRAZAS)

1.
el desafío de la física:
el continuo espacial
de la mirada aérea
admite un tiempo
que no lo reconoce.

2.
en la precariedad:
los libros y las armas.

3.
un altar
hecho con cajones
una lata y algunas naranjas:
el lugar del rezo.

4.
meditar
no bronx.

5.
os terraços
são idênticos/
mas num só
está o passado:
a frugalidade, o estandarte,
o cuidado das armas,
o silêncio.

6.
o sentido ou a obsessão:
um espanhol constrói um imenso
barco de madeira
num terraço pequeno
um haitiano e um samurai do bronx
— cada um no seu idioma —
decifram a cena.

7.
as línguas/as gírias/os gestos:
círculos
no mundo do samurai.

4.
meditar
en el bronx.

5.
las terrazas
son idénticas/
pero en una sola
está el pasado:
la frugalidad, el estandarte,
el cuidado de las armas,
el silencio.

6.
el sentido o la obsesión:
un español construye un inmenso
barco de madera
en una terraza pequeña
un haitiano y un samuray del bronx
— cada uno en su idioma —
descifran la escena.

7.
las lenguas/ las jergas/ los gestos:
círculos
en el mundo del samuray.

II (RITOS)

1.

no meio do despojo
o samurai lê
mandados medievais:
'o caminho do samurai é a morte.
deve-se meditar todos os dias sobre a
[morte inevitável.
quando o corpo e a mente estão em paz
deve-se considerar que é retalhado por
[lanças e flechas
por rifles e espadas, que é arrastado por
[ondas tremendas,
que é jogado numa grande fogueira,
que cai um raio na sua cabeça,
que morre num terremoto,
que cai num precipício de milhares de metros
que morre de uma doença
ou comete seppuku pela morte do seu mestre
e todos os dias sem falta
deve se considerar morto.
essa é a essência do caminho do samurai'.

II (RITOS)

1.

en medio del despojo
el samuray lee
mandatos medievales:
'el camino del samuray es la muerte.
uno debe meditar a diario sobre la muerte
[inevitable.
cuando el cuerpo y la mente están en paz
uno debería considerar que es desgarrado
[por lanzas y flechas
por rifles y espadas, que es arrastrado por
[olas tremendas,
que es arrojado a un gran fuego,
que se le cae un rayo encima,
que muere en un terremoto,
que cae en un acantilado de miles de metros
que muere por una enfermedad
o comete seppuku por la muerte de su maestro
y todos los días sin falta
uno debe considerarse muerto.
esta es la esencia del camino del samuray'.

2.
a beleza da guerra:
um corpo desenha formas/
avança sobre um inimigo ausente/
reconhece o cheio e o vazio.

3.
a espada ou a pistola:
uma imagem na sua mão
enquanto gira.

4.
o movimento oriental
nos punhos do urso.
um corpo enorme
e negro
que ensaia uma dança.

5.
tai chi chuan
do boxe.

2.
la belleza de la guerra:
un cuerpo dibuja formas/
avanza sobre un enemigo ausente/
reconoce lo lleno y lo vacío.

3.
la espada o la pistola:
una imagen en su mano
mientras gira.

4.
el movimiento oriental
en los puños del oso.
un cuerpo enorme
y negro
que ensaya una danza.

5.
tai chi chuan
del boxeo.

6.

o samurai agita
— com movimentos estudados —
uma bandeira.
cada corte vermelho do ar
indica uma mudança de direção no voo.
o tecido e as pombas
falam a mesma linguagem.

III. (RUAS)

1.

a cena inaugural
do samurai moderno:
um passado na rua/
um negro a ponto de morrer/
um mafioso que o salva/
e o entrega a outro tempo
– ainda mais distante –
inscrito nos ideogramas
da sua camiseta ensanguentada.

6.

el samuray agita
–con movimientos estudiados–
una bandera.
cada corte rojo del aire
indica un cambio de dirección en el vuelo.
el lienzo y las palomas
hablan un mismo lenguaje.

III. (CALLES)

1.

la escena inaugural
del samuray moderno:
un pasado en la calle/
un negro a punto de morir/
un mafioso que lo salva/
y lo entrega a otro tiempo
— aún más lejano —
inscripto en los ideogramas
de su camiseta ensangrentada.

2.
um movimento
que carece de aparência.

3.
poucos podem ver
o samurai/
o cão fantasma.

4.
da rua:
um cão.
da morte
(ou da consciência da morte):
um fantasma.

5.
como as formigas
que defendem
sua rainha/
o samurai
escolhe
uma zona da morte:
a vida do seu amo.

2.
un movimiento
que carece de apariencia.

3.
pocos pueden ver
al samuray/
al perro fantasma.

4.
de la calle:
un perro.
de la muerte
(o la conciencia de la muerte):
un fantasma.

5.
como las hormigas
que defienden
a su reina/
el samuray
elige
una zona de la muerte:
la vida de su amo.

6.

'se a cabeça do samurai
fosse cortada
ele ainda
poderia levar a cabo
outra ação com precisão':
entregar seus preciosos tesouros
a uma menina e a um haitiano/
'respirar sete vezes'
— como aconselham os anciãos —
e partir para a morte.

7.

o rap:
meditação em movimento.

8.

o presente
como lasca
do presente.

6.
'si la cabeza del samuray
fuese cortada
él aún
podría llevar a cabo
una acción más con precisión':
entregar sus preciados tesoros
a una niña y a un haitiano/
'respirar siete veces'
— como aconsejan los ancianos —
y partir hacia la muerte.

7.
el rap:
meditación en movimiento.

8.
el presente
como esquirla
del presente.

pedagogia do samurai

1.

mestre de samurais:
sabe de garças e dragões.

2.

que a garça não mate
o fogo
que queima.

3.

escolher as próprias armas
(besta, lança, arco)
e usá-las.

4.

o pincel e a espada:
duas faces
do papel dobrado
da experiência.

pedagogía del samuray

1.
maestro de samuráis:
sabe de garzas y dragones.

2.
que la garza no mate
el fuego
que quema.

3.
elegir las propias armas
(ballesta, lanza, arco)
y usarlas.

4.
el pincel y la espada:
dos caras
del papel plegado
de la experiencia.

5.
se ensina
a forma do ideograma
e seus sentidos.
nunca
o traço.

6.
o conhecimento
como sucessão de pequenos atos
mas também
como queda no abismo.

7.
não há pedagogia do vazio/
a queda se executa/

8.
só
sobre a grande onda
de hokusai.

5.
se enseña
la forma del ideograma
y sus sentidos.
nunca
el trazo.

6.
el conocimiento
como sucesión de pequeños actos
pero también
como caída en el abismo.

7.
no hay pedagogía del vacío/
la caída se ejecuta/

8.
solo
sobre la gran ola
de hokusai.

9.
só
no jardim
de areia e pedras.

10.
o mestre espera
e escuta
quando o samurai
regressa
da grande onda/ do jardim seco.

11.
o mestre
também usa as armas:
marca
os pontos cegos.

12.
'não doces filhos/
guerreiros que ensaiem seus golpes
sobre minha coluna'.

9.
solo
en el jardín
de arena y rocas.

10.
el maestro espera
y escucha
cuando el samuray
regresa
de la gran ola/ del jardín seco.

11.
el maestro
también usa las armas:
marca
los puntos ciegos.

12.
'no dulces hijos/
guerreros que ensayen sus golpes
sobre mi columna'.

samurai borgeano

1.
o aforismo do samurai:
'o fio da espada
é a forma do destino'.

2.
o samurai também sabe
— como o falcão no voo em busca da presa —
exercer a beleza
do equilíbrio
ao se inclinar com todo peso
sobre a espada.

samuray borgeano

1.

el aforismo del samuray:
'el filo de la espada
es la forma del destino'.

2.

el samuray también sabe
— como el halcón en vuelo tras su presa —
ejercer la belleza
del equilibrio
al inclinar todo su peso
sobre la espada.

samurai pop

"E num dos meus olhos te feriste"
SAN JUAN DE LA CRUZ

1. IMAGEM DE SAMURAI EM BRANCO (SOBRE FUNDO DE GIZ)

o samurai cego
ignora a beleza
dos campos de trigo.

2. IDÊNTICA IMAGEM DE SAMURAI EM AZUL (SOBRE FUNDO AMARELO)

traço moderno
o samurai quase sorri
com certo ar de mao
que delata
a uniformidade do desenho:
parece não recordar
seu destino/
mais que a morte
propõe
as veleidades da espátula.

samuray pop

"Y en uno de mis ojos te llagaste"
SAN JUAN DE LA CRUZ

1. IMAGEN DE SAMURAY EN BLANCO (SOBRE FONDO TIZA)

el samuray ciego
ignora la belleza
de los campos de trigo.

2. IDÉNTICA IMAGEN DE SAMURAY EN AZUL (SOBRE FONDO AMARILLO)

trazo moderno
el samuray casi sonríe
con cierto parecido a mao
que delata
la uniformidad del diseño:
parece no recordar
su destino/
más que la muerte
propone
las veleidades de la paleta.

samurai fim de século

1.
certa leveza
no movimento da
adaga
que desliza
                e penetra
na seda do quimono.

2.
na seda do quimono
flores e lótus
ensanguentados.

3.
o seppuku:
torção do corpo/
exercício puro de uma estética.

samuray
fin de siglo

1.
cierta levedad
en el movimiento de la
daga
que se desliza
            y penetra
la seda del kimono.

2.
en la seda del kimono
flores y lotos
ensangrentados.

3.
el seppuku:
torsión del cuerpo/
ejercicio puro de una estética.

1ª edição	maio 2021
impressão	meta
papel miolo	pólen soft 80g/m^2
papel capa	cartão supremo 300g/m^2
tipografia	abril e lust